Günter Kunert

AUS MEINEM SCHATTENREICH

Gedichte

Herausgegeben von
Wolfram Benda

Carl Hanser Verlag

Gewidmet
meiner leselustvollen Frau Erika

1. Auflage 2018

ISBN 978-3-446-25817-4

Umschlag: Peter-Andreas Hassiepen, München
nach einer Collage des Autors

Satz im Verlag
Druck und Bindung: CPI books GmbH, Leck
Printed in Germany

FSC
www.fsc.org
MIX
Papier aus verantwortungsvollen Quellen
FSC® C083411

I.

VITA

Das wäre Fleisch
von meinem Fleisch,
verfallen dem Abgründigen,
dem Etwas, das geschieht
seit wir Eden verließen. Wir sind
zur Welt gekommen ohne Verständnis
für Arm und Bein, für Hand und Fuß
und für jene befremdlichen Teile
der Lust. Das Fell abgestreift,
die Höhle verlassen, den Stein
verloren, keinen Glauben
gewonnen, geblendet
vom Schein unserer Aura,
erhoben über das Nichtsein
für eine kurze Weile
kurzweilig
vor dem Verdämmern.

EPILOG

Wenn man dort
die Straße überquerte, wäre da
das alte Pflaster unter den Füßen
und unter dem Pflaster
nur versteinte und versandete
Ewigkeit? Holpersteine, Stolpersteine,
unregelmäßig behauen
von den Urvätern bleicher Brut
aufgegangenen Samens
der Steinklopfer, der Totschläger,
der freudvollen Leichenmacher
Schlag für Schlag
in den Boden gepresst.

MANCHERMANN
sucht seinen Ursprung
vergebens. Bin ich
eine Fortsetzung von Adam,
dem Vegetarier, oder
von Homo erectus?
Unbezweifelt Säugetier und
dennoch nur Nachgeburt
von Tyrannosaurus Rex,
dem Allesverschlinger?
Neulich stammten wir alle
noch vom Affen ab, aber
das hat uns nicht behagt
wie jegliche Wahrheit.
Glücklich, wer
seine Vorfahren verkennt.
Die Erscheinungsweise
der Nachfahren ist schlimm
genug. Mir jedenfalls
reicht es schlussbänglich.

GEOGRAPHIE

Russland ist groß
China ist weit
ich aber bin mir selber
der Nächste obschon
rein zufällig. Wie eben
auch die Größe Russlands
die Weite Chinas. Dabei
scheint es doch
als sei gerade das
eingerichtet nach höherem Plan.
Außer natürlich
meiner Person: ausgesetzt
und vergessen
auf einem Planeten
sonderbarer Art.

DES CALENDARIUMS VERSCHWÖRUNG
alsbald betrifft sie
auch dich. Kaum dem Horizont entstiegen
sinkt der Tag schon ins Bett.
Der große Verschwörer rafft die Zeit
zusammen gleich dürrem Blattwerk
und verschwindet damit im Dunst
des Vergessens. Die abendlichen Figuranten
unterhaltsamen Schreckens
und ernstlicher Späße jagen einander
ungerührt im elektronischen Käfig
und unberührbar. Wendest du dich ab
von ihrem Spiel und später noch
von deinem Spiegel, so bleibt der leer
und ahnungslos zurück. Besuchsweis
Jahreszeiten, einander rasch verdrängend
eh du einer recht inne wurdest
und hinterlassen
vergilbende Erinnerungen, bestimmt
zur Unsichtbarkeit
den künftigen Gegenwarten,
den Usurpanten deines eignen Einst.

DIE MASKE DES BÖSEN
zeigt freundliche Züge,
die Miene umfassende Güte,
der Blick Friedfertigkeit –
wären da nur nicht
in den Mundwinkeln
diese Blutstropfen
beim Lächeln.

(Brechts gedenkend)

ALS KINDER SPIELTEN SIE
auf der Straße *Vater-Mutter-Kind.*
Erwachsen, merkten sie,
das sei kein Spiel. Darum
verboten sie es ihren Kindern,
die viel zu früh
alt wurden.

JETZT IN DIESEM MOMENT
wird ein Mord geplant und
ein anderer begangen, fallen
Bomben auf eine Stadt, hält
ein Präsident eine Rede, werden
Wale geschlachtet und
ein lahmes Pferd kuriert,
heiratet ein Paar, um Kinder
für den nächsten Krieg
zu zeugen – in diesem Moment
werden Momente vorbereitet,
die sich von den vorigen
durch das Datum unterscheiden.

DAS GESICHT VON AMUNDSEN
gegerbtes Leder. Die Augen
kristallinisch. Kalt wie
an seinem Nordpol die Miene
und abweisend. Ein Herz
aus Eis, des Führers
seiner Mannschaft ins sinnlose
Verderben.

IN EINER DÜSTEREN GASSE
begegnete mir der Sinn
des Lebens. Er war alt und
schmutzig und schon sehr
abgegriffen. Ein falsches
Lächeln voll ungehemmter
Schamlosigkeit und grußlos
davon.

DIE WELT HINTER GLAS
tut nicht weh. Kein Schuss
trifft dich, kein Feuer
brennt dich. Das Leben
ist eine Fiktion
für wenig Geld.
Das Nichtleben dagegen
hat einen hohen Preis.

ALS WIR UNS ZUM ERSTEN MALE
in die Luft erhoben, merkten wir,
wie klein
die Erde ist. Aber merkten
nicht, wie klein
wir selber. Als Däumlinge fielen
wir übereinander her, weil
wir größer sein wollten als
Gulliver in Brobdingnag, der
auch bloß eine Erfindung war
wie unsereins.

MEIN SOHN, DU
entstammst einer
klebrigen Flüssigkeit, beiläufig
aber lustvoll vergeudet. Kein Grund,
sich zu grämen oder zu schämen.
Kaiser und Könige und sogar
Goethe kamen dergestalt
über uns und unter uns. Damit
zu sparen, fruchtet nichts. Denn
der Sinn des Lebens ist bloß
seine Fortsetzung bis
zum Sankt Nimmerleinstag, den
der Kalender jedoch sorgsam
verheimlicht.

DIE WELT BESTEHT
aus lauter Zahlen. Genau
so wie der Kosmos und sogar
das Universum, wehklagte
Dr. h. c. Faustus. Und gestern
fielen uns in den und aus
dem Schoß schon wieder
dreiundachtzig Millionen
Gattungsgenossen, die
wiederum nichts zählen.

IMMER KOMMEN SIE
aus dem Nichts als Statisten,
herbeordert und gefällig:
Ihr seid das Volk! Haltet euch
im Hintergrund. Eure Sprache sei
Geraune und Geklage. Seid stets
bereit zum Abgang
zwischen den Kulissen, die manchem
die Welt bedeuten und
die es wirklich und wahrhaftig
ist und sind.

DER MANN SITZT
völlig nackt auf einem Stuhl,
wie man sieht. Polizisten umrahmen ihn.
Der Mann hat einen Trichter im Mund,
durch den man Wasser in den Mann füllt.
Kanne um Kanne. Noch mehr Wasser und
mehr. Der Bauch des Mannes
ist haltlos und riesig aufgequollen.
Die Polizisten blicken amüsiert
in die Kamera, ohne daran zu denken,
dass der Mann in keinen Sarg mehr passt.

EINER SAGT ES
anderen zum Weitersagen: Dass da wer
um Hilfe rufe! Doch die Zuständigkeit
ist unklar, sagen alle. Keiner sei
kompetent genug, sagt jeder.
Und jeder außerdem, da könne ja jeder
um Hilfe rufen, ohne befugt zu sein.
Damit stimmen wir überein, dass im
Allgemeinen die gleiche Ansicht gilt.
Dagegen gilt kein Einwand und
übrigens hört man schon lange keinen
Ton, was wiederum Zweifel weckt, ob
überhaupt. Man täuscht sich leicht
oder wird. Also belassen wir es
dabei.

STUNDE UM STUNDE
geflogen: Über den Wolken,
den Ländern, den Städten, den Gräbern,
über die Menschen hinweg, die
einander abnutzen und abmurksen,
so oder anders,
nach aller und alter Väter Sitte
unter den Wolken.

II.

ZUR NACHT

Die Städte stumm und geisterhaft,
nur Lichter rollen oder stehen still.
Bloß Schemen sind noch unterwegs,
von denen jeder heimwärts will.
Wie ausgedacht, wie fantasiert
die Stadt zur Nacht als Fiebertraum
und ahnungsvoll, wer sie passiert,
als schwände bald wie bloßer Schaum
solch ein Gebild aus Menschenwahn,
das firmamentnah hochgeragt.
Als letzter geht der Wind hindurch,
wie es der Brecht vorausgesagt.

VON UNSERER ALLGEMEINEN NATUR

Manche Pflanzen
sind mir ganz fremd. So heiter noch
eben ihr Grün und schon bereit
für einen Herbst. Einstmals
zeigten sogar die Blumen
vor ihrer Notzucht andere Farben.
Immer muss alles verändert werden
bis alles endgültig schlimmer ist.
Selbst die Gesichter rundum
erscheinen nun anders geprägt
und sehen aus
wie künftige Suchanzeigen
einer Behörde im Nirgendwo.

MITTEILUNG

Wie ist die Welt so fremd geworden:
verlorener Planet, durchs All getrieben,
voll leerer Lust und Lust an Massenmorden
von mal zu mal nach Ansicht und Belieben.
Als ahnten die Bewohner schon das Ende:
die Tänze wilder, Hektik ohne Halt.
Betäubt durch Lärm und bunte Bilder,
verweht, vergessen allzu bald.
So ziehn sie durch die Weltkulissen,
Statisten in dem immergleichen Stück,
verfolgt vom ziemlich tristen Wissen:
Von uns kehrt keiner je zurück.

WENN KEIN WIND WEHT
verstummen die Bäume.
In allen Wipfeln ist Ruh.
Auch die Vögel schweigen,
als wäre es ihnen anbefohlen.
Nur das Geflüster
dürrer Zweige unter
deinen Schuhsohlen
übermittelt dir eine Botschaft.
Du verharrst
und schließt die Augen
und wartest
auf das versprochene Wunder,
das sich nie und nimmer
und unaufhörlich begibt.

MIT DER NATUR
habe ich so manche
Erfahrungen. Vor allem
ihre Leidenschaft ist
unwiderstehlich. Wenn sie
dich umfängt, lebendigen
Leibes, bist du bereit
ihr alles Wetterwendische
zu verzeihen.

AUS DEM BILDSCHIRM
glotzt dich ein Auge an
und sieht dich nicht.
Dann wendet es sich ab
und mit einem Schwung der
schlüpfrigen Arme
verschwindet dein Urahn
im Dickicht
bunter Korallenwälder.

AUF DEM FENSTERBRETT
die Katze starrt hinaus
wie andere Katzen,
voller Erwartung, dass ein Vogel
sich vor ihr niederließe
des Fliegens überdrüssig
oder nur müde.
Sie hofft auf ein Wunder,
als wäre sie
Unseresgleichen.

JEDERMANN EIN IKARUS
für billiges Geld.
Übers Meer dahin zu
Vollpension und anderen
Sitten, dahin, wo Kirken
in Mengen sich tummeln. Aber
kommst du der Sonne zu nahe,
erwartet dich Hautkrebs
nebst folgender Vergänglichkeit
des Erlebens.

NIRGENDWO SONST
ist es so lautlos wie
in der Wüste. Kein Vogelruf,
keine Tierstimmen, keine
raschelnden Blätter.
Nicht einmal der eigene
Herzschlag wird hörbar.
Grabesstille. Vorweggenommen.

EINE NARBE DER ERDE
der Grand Canyon.
Im Hubschrauber strich ich
hindurch, zufrieden angesichts
der erhabenen Reglosigkeit
des Panoramas und
einer fernen Zukunft
gewärtig.

IN EINEM FERNEN LAND
und in einer wüsten Landschaft
hängen an manchen Bäumen
Tote eingewickelt in Tücher,
preisgegeben jedem Wetter.
Ströme von Autos
ziehen an ihnen vorüber,
die Fahrer achten ihrer nicht.
Und sollten sie doch beneiden
um solch Grab, gewiegt vom Wind
der Prärie, statt verscharrt
zu sein in staubiger Erde,
der vergesslichen Unterwelt
übereignet.

AUF HIDDENSEE
beeilt sich die Ostsee
ihr unterschiedliches Programm
darzubieten. Einmal schlapp
den Strand beleckend, dann
wieder aufgeregt Schaum schlagend,
nachts vom Leuchtturm illuminiert,
von den klagenden Tönen
des Nebelhorns eingeschläfert.
»The seawash never ends …«
schrieb mir Carl Sandburg
von drüben, gefesselt von
dem Anblick des ungestört Immergleichen.

WO ICH WOHNE
sind die Berge aus
Wasserdampf und oftmals
auf der Flucht aus windigen
Gründen. Trotz der Ferne,
in die der Blick fliegt, regiert
Nähe das Dasein. Hier geht man
mit einem Schritt von Dorf
zu Dorf, manchmal in Nebel
gehüllt, damit uns die Natur
nicht bemerkt und stillehält.
Auch zögern die Uhren bei
ihrem Gang, und die Abende
des Sommers enden erst
am Morgen. Ringsum Erscheinungen
weltlicher Art mit den Namen
Erdreich, Wasser, Pfad und Tier
und Mensch.

ES HÖRTE NICHT AUF

Kaskaden prasselten in die Tiefe.
Dazu ein Brüllen, fortwährend
und drohend. Ich lauschte
dem wässrigen Inferno und
vernahm keine Botschaft. Jahre
später zurückgekehrt das
gleiche Getöse wie ehedem, das
hörte und hörte nicht auf.
Selbst die Verkäufer
des Naturwunders waren nicht
älter geworden oder waren die
Söhne oder die künftigen
Großväter von Enkeln, die
dem Niagarafall ihre Einnahmen
verdanken würden, solange
er blindwütig und dekorativ
nicht aufhörte der
Schwerkraft zu folgen.

MITTEN IN DES WALDES EINSAMKEIT
erblickt des Wanderers Auge nichts
außer Festmetern. Im Gebüsche dann
die Erleichterung des Gedärms,
dem fernen Lied der Kettensäge lauschend
und in Gedanken der Vergänglichkeit
alles Irdischen gewiss.

AUS VERBORGENEN SPALTEN
der alten Welt kriecht Ohnmacht,
legt sich über irrlichternde Städte,
betäubt was zu leben scheint.
Dem Ende nahe, fügen wir uns
geschwind und stetig schneller
in den Zug der lästigen Seelen.
Platz da! Wir kommen und verkommen,
wie vorgesehen im Buch
der Bücher zwecks Zeitvertreib
und Spaß und Endlichkeit.

III.

FERNSTRASSE

Dort hinten nächtlings die Straße.
Schicksale leuchten auf
und erlöschen ohne besondere
Merkmale. In den begleitenden Gräben
die Erben Schmutz und Schlamm und
Abfall. Wie soll das nur
weitergehen mit der Vergänglichkeit,
die keiner vermerkt. Doch auch der Tod
beharrt auf Wahrnehmung. Die Lichter
da fern aber verraten
nichts und dennoch alles,
was am Nichts
sichtbar werden kann.

LEERLAUF

Die Sommer kürzer und der Herbst von Dauer,
der bare Mensch keimt haltlos auf der Erde
und fruchtet blindlings: Stirb wie werde
verweht wie Atem, wie die rasche Trauer.
Genauso kommen Wolken und verschwinden
als einzig wahre Zuversicht.
Wo immer wir uns auch befinden,
stets heißt das letzte Wort: Verzicht.

HERBSTISCH

Im Abenddämmer
kriechen die Worte hervor.
Verborgen unter der Last des Schrankes,
aus dem Staub einer Zimmerecke:
und nennen sich *Vater* oder *Mutter*
oder *Vordem* oder sogar *Gebein.*
Und müssen beschworen werden,
damit sie wieder verschwinden
in ihre nachhaltigen Grüfte, wohin
kein Licht gelangt. Da ist auch
Platz für dich einst oder bald
oder schon morgen
nach der Tagesbleiche
aber anderen zugeordnet.

MIT DER ERSCHEINUNGEN FLUCHT
ziehen die Tage vorüber.
Haltlos. Deine sind schon
gezählt, aber du
kennst nicht die Anzahl.
Jeder ein erster und zugleich
ein letzter – immer der für
vierundzwanzig vergangene
Stunden.

DIE CHIMÄRE
fauchte mich an
im Museum von Arezzo,
wo die versteinerten Toten
zu Hause sind. Der Eintritt
war frei, die Verlockung groß,
den stummen Masken
sich beizugesellen.
Für eine kleine Ewigkeit
aufbewahrt sein.

IM INNENHOF
des Naturkundemuseums stand
Tyrannosaurus Rex oder doch
nur sein Gebein, zu dem man
aufschaute, staunend über solche
sinnlose Monstrosität.
Ein frühes Abbild unserer eigenen
Großartigkeit.

VERGANGENHEIT IST DAS
was im Nachlass
der Verstorbenen steckt.
Hier lagern die Daseinsreste
muffig riechend und schwarz
auf weiß. Auf gleiche Weise
kurzfristig aufgebahrt und
aufbewahrt die nachrückenden
Müllkandidaten.

FRAGT IHR
was Vergänglichkeit bewirkt,
dann zeige ich euch
mein Telefon und mein Auto.
Beides Todeskandidaten.
Ihre Lebensdauer ist abgelaufen,
bedrängt von ihren Nachkommen.
So erleiden sie
der Menschen Schicksal,
veraltet, unnütz, überflüssig.

EIN ZEITGENOSSE
eilig und unbesonnen,
fährt mit seinem Auto
gegen ein Hindernis und
überschlägt sich. Unverletzt
aussteigend, läuft er
hilfesuchend über die Straße
und wird überfahren. Solch
sonderbare Schicksale
sind hierzulande
an der Tagesordnung.

VORM ABTEILFENSTER
wird die Landschaft abgerollt.
Stadt und Land, Feld und Wald,
Haus und Hof, Vieh und Mensch.
Ein Dokumentarfilm
des Regisseurs Vergänglichkeit.
Bald werden wir die Vorstellung
verlassen: zwangsweise.

AUS DEM LÄRM DER STRASSE
in den lichtarmen Hinterhof.
Ergraute Fassaden im Quadrat,
verschlossene Fenster: eines
jedoch wurde unerwartet geöffnet
und entließ Musik in das
geschichtsträchtige Schweigen:
die Toselli-Serenade.
Wie die letzte Berührung
einer endgültig verklungenen Zeit,
sentimental und tränenreich.

EINE FREMDE HAND
reichte mir ein Buch,
der Titel unlesbar,
und eine Stimme sprach:
Du kommst darin vor.
Das muss eine Verwechselung sein,
sagte ich und ließ es fallen
und entfernte mich. Fluchtartig.

ZWISCHEN ALTEN MÖBELN
durch das Nachlasslager
gegangen, vorbei an verschlissenen
Polstern, an einer urtümlichen
Anrichte mit defektem
Schnitzwerk, an übereinander
gestapelten Schallplatten,
Caruso und Paul Lincke, an einer
Stehlampe auf gedrechseltem
Holzbein, Strandgut des Lebens
und Sterbens im Dämmerlicht
matter Glühbirnen. Fremder
verwandter Alltag umfing mich
innig, berührt von verschwundenen
Händen, die durch ihre
Stellvertreter nun nach mir
griffen, bettelnd um Zuneigung
und Rettung vor ihrem
trostlosen Ende als Sperrmüll.

ABGESTIEGEN AUF DER INSEL
Malta in den steinernen Schoß
der Erde. Die Wände wiesen
Höhlungen auf, darinnen man
die Toten barg, eingelagert
bis in alle Ewigkeit, die
nicht vorgehalten hat.
Von Stufe zu Stufe abwärts
nahm die Wärme verdächtig zu,
als ginge es geradewegs
in die Hölle. Da brach ich
meine Expedition ab und kehrte
an die irdische Oberfläche
zurück.

DIE FINSTERNIS IST
ein lebendes Wesen,
so gefährlich, dass es einem
das Herz stillstehen lässt.
Sie hat kein Gesicht oder doch
so viele, dass man ihrer Gesamtheit
nicht gewahr zu werden vermag.
Ihre Absichten kennt man nicht, doch
sie müssen fürchterlich sein.
Manchmal wird sie sogar
spürbar, eine kalte Substanz,
die schaudern lässt. Darum zieht
man am besten nachts im Bett
die Decke über den Kopf, um
ihrem Anblick zu entgehen.

WENIGES WIRKT UNHEIMLICHER
als eine Tür in
einem fremden Haus,
eine Handbreit geöffnet.
Lauert dahinter
ein Nachfahr des Minotaurus?
Der Geist, der stets verneint,
vor allem dich? Der dunkle
Spalt tarnt sich als Einladung
in ein gefährliches Paradies,
vielleicht.

DAS HAUS
steht auf schwankendem Boden.
Unter meinen Schritten zerbröckeln
verschwiegene Autoteile, zernagt
von vergangenen Dezennien. Rost
rumort unter meinen Sohlen:
Blecherne Fässer, von Zukunft
entleert. Verschlissene Reifen an
ihrer Endstation. Zersprungenes Glück
und Glas, vermengt mit dem eisernen
Fortschritt diverser Epochen.
Hier lebe ich, meinen vergangenen
Schöpfungen beigesellt und
als einer ohne sonderlich
anderes Ziel.

ZIELGERICHTET
auf und davon.
Mit einem Fußtritt
beschleunigend: Geschwindigkeit
ist keine Hexerei und vorüber
an eiliger Landschaft. Gleich
bin ich da und dort
und wende mich um, des Verbots
uneingedenk. Und siehe: Hinter mir
verschwindet unterdes
unsere Herrin, die Zeit, und nichts
bleibt zurück als die furchtbare
Leere des Schein baren Lebens.

IV.

DIE ELTERN
traten aus dem Rahmen
und sprachen
zu ihrem Kinde: Du bist
jetzt achtzig Jahre alt und
musst endlich erwachsen werden.
Es weigerte sich aber
und flüchtete
in einen andern Traum.

DER DAMPFER
legte von Rügen ab und
wir fühlten einen Ozean
unter unseren Füßen.
Warnendes Geschrei von
Möwen: Misstraue
dem leichten Wind, der
Sturm gebiert, bevor du
überhaupt ein Ziel
erreicht hast.

VIELE MENSCHEN
sind durch meine Augen
gegangen ins Nichts
des Vergessens. Einige aber
verharren – wie
die ferne Kellnerin in einem
New Yorker Restaurant,
unverändert das schwarze Haar
und die blauen Augen und
ihr Geständnis, sie
stamme von Kelten ab, als ich
sie über ihre Erscheinung
neugierig befragte.

ES WAR MEHR
als ein Augenblick
in der Reihe zahlloser
vergessener.
Auf dem gesprengten Bunker,
dem Zeugnis der Irrungen
eines Volkes, stand ich
nicht allein. Ich und sie
in der Einsamkeit über Berlin,
angerührt von
den brüchigen Resten
rührten wir einander
nicht an.

ES WIRD GEFRAGT WERDEN

bist du gewillt oder
nicht? Eingereiht oder
eingeweiht? Verehrst du
das Rad und den Glanz?
Liebst du den Blick
ins gläserne Nichts?
Wer die Antworten
schuldig bleibt, der
ziehe seine Daseinsberechtigung
aus der Tasche und werfe sie
Chronos vor die Füße.

WENN WIR
die Schatten der Einstigen
suchen, verlieren wir uns
im Gewirr des Erinnerns.
Bist du denn selber mehr
als eine Erscheinung, die
erlischt wie das letzte Bild
eines Films, der
nicht wiederholt wird,
bewahrt in keinem Archiv?

ÜBER DIE BAUKASTENWELT
geflogen, über das Weiß
abweisender Gebirge, über
Ödnis der Meere, über
verlockende Wälder,
von Märchen bewohnt.
Aber nichts ist mir
untertänig. Aus der Höhe
gesehen, ist die Erde
bereits menschenleer.
Und »es ergreift mich
ein tiefes Weh« angesichts
dessen.

GEQUIRL VON MENSCHEN
In der Orchard Street, N. Y.
Bärtige Propheten, schwarz
gewandet, eilig unterwegs
als kämen sie sonst zu spät
zum eigenen Autodafé.
Andere wiederum handeln
mit alten und neuen Sachen
und verkünden
in biblischer Schrift:
Hier gibt es billige Hosen.

WER IM ASKLEPIEION SCHLÄFT
erfährt die Mittel
zu seiner Heilung inmitten
stolzer Trümmer, von Menschen
und Göttern verlassen. Dort
saß ich, ermüdet von der Fahrt,
und es schien, als kröche
eine Schlange unter
den Marmorblöcken hervor,
schwarz wie die vergangenen
und die künftigen Nächte.
Um einen Zweig sich windend,
verriet sie ihre wahre
Bedeutung als Symbol.

GEGEN DIE SCHLAFLOSIGKEIT
schrieb ich an: Brief
um Brief an fiktive Empfänger.
Ungehemmt gestand ich darin
meine Sorgen, meine Leiden,
meine Verirrungen.
Dass ich keine Antwort bekam,
war tröstlich: Ohne ein Wort
des Dankes für falsches
Mitgefühl erwidern zu müssen,
fühlte ich mich besser
und besser.

IM ANTIQUITÄTENLADEN
nahe dem Savignyplatz in Berlin
und inmitten des Strandgutes
vergangener Epochen der Händler
raunte, er habe da was für mich,
holte aus einem Fach eine Pistole
hervor, die er mir
in die Hand drückte, als sei ich
ein potentieller Selbstmörder
oder zumindest Attentäter.

WÄHREND ICH SCHLIEF
ging die Welt unter.
Nach dem Erwachen
fand ich mich inmitten
echter Kulissen
und Figuren, denen man
nicht ansah, dass sie
nur so taten, als seien
sie wirklich Menschen.

DAS KIND AUF DER STRASSE
vor Schaufensterpuppen
in Erwartung, sie würden
sich plötzlich bewegen.
Später im Krieg
lagen sie auf dem Pflaster,
doch aus anderem Material
und in echtem Blut
und nicht ausstellungswürdig.

DIE MENSCHEN SCHRIEN AUF
als die Donnerschläge
der Bomben näher kamen.
Das Licht erlosch und
der Keller schwankte:
ein Nachen über den Styx.
Im Jenseits ist immer Platz.
Am Morgen zogen die Überlebenden
wieder in die Munitionsfabriken,
die Fremden in der Ferne
die eigene Angst zu lehren.

IN DEN ALTEN HÄUSERN
knarren die Treppenstufen
zur Begrüßung. Von Stockwerk
zu Stockwerk wurde mir
heimeliger zumute, als käme
ich nach Haus. So viel
Zutrauliches meldete sich
und umfing mich freundlich
und wollte erinnert sein und
betrauert und aufgehoben
in einem sterblichen
Gedächtnis.

DIE FAHRT MIT DER HOCHBAHN
zum Schlesischen Tor ging
an alten Häusern vorbei, an
Fensterreihen im ersten Stock.
Eines war offen. Sichtbar
eine nackte Frau;
mein Körper nahm den Anblick
merkbar wahr. Erst nach der
Endstation verlor sie sich
aus meinem Nervensystem.

WELCH EIN ABSTIEG
in die Unterwelt. Sie roch
nach Bier und Moder. Unter
der Bötzow-Brauerei suchten wir
Schutz vor den Bomben. Inge
aus unserem Haus saß auf ihrem
Koffer. Ich auf meinem vor ihr.
Halbdunkel. Ich schob meine
Hand unter ihren Rock bis kurz
über die Strumpfgrenze und spürte
heißes Fleisch. Ihre hässliche
Nase wurde dabei fast schön,
kehrte aber nach der Entwarnung
und im Tageslicht
in ihren vorigen Status zurück.

SOLLTE DAS
eine Erinnerung sein?
In Hinterhöfen befand sich
meist der Eingang zum Keller,
die geschwärzte Tür halb offen,
dahinter verlockende Dunkelheit.
Da ging es hinab
in die Unterwelt, bewohnt
von Lemuren und Geistern
von denen einer
ich gewesen war.

EINSTMALS ZOGEN KOLONNEN
mit roten Fahnen durch
die Straßen, Fanfarenklänge,
Marschtritt, aus Lautsprechern
unverständliche anfeuernde Worte.
Hinter der nächsten Ecke jedoch
nahmen die Menschen
ihre wahre Gestalt an, rollten
die Fahnen zusammen und
trollten sich.

UNVERMITTELT TRAF ICH
einen alten Mann, der
eine Laterne schwenkte.
Suchst du immer noch?
fragte ich erstaunt.
Er sah sich scheu um und
flüsterte: Ich weiß, es gibt
ihn nicht. Aber das Suchen,
das Suchen hält mich
aufrecht.

MAN ZWANG UNS
den Frack auf sowie
eine weiße Hemdbrust nebst
einer weißen Fliege, um dem
König von Norwegen
unsere Aufwartung zu machen.
In einer Reihe standen wir an,
um ihm die Hand, schlaff
von Huldigungen, zu schütteln.
Danach durften wir an der Tafel
Platz nehmen, bedient von Domestiken,
gleich uns uniformiert. Sogleich
entstand die Befürchtung, man
würde uns mit dem Personal
verwechseln und zum Tellerspülen
abkommandieren.

EINE GRUPPE NEUGIERIGER
wurde durchs Weiße Haus geführt.
Ich ging mit. Wir betraten
das Oval Office: Wie steril
die Luft hier war, wie aufgeräumt
und unbewohnlich. Unsere Köpfe
drehten sich von hier nach da und
zurück, aber es wollte sich kein
historischer Moment ergeben, kein
Präsident erschien überraschend
und kein Attentäter, der ihn
niederschoss. Wir verließen,
darüber ziemlich enttäuscht,
das aus Mengen von Marzipan
gefertigte Gebäude.

RUINEN EIGNET
eine diffuse Verlockung.
Allerlei merkwürdige Besucher
nehmen sie als heimliches Heim
wahr. In dem skelettösen Überrest
eines Kaufhauses in der Berliner
Alexanderstraße fand ich mich
in der Anatomie einer mir
zugeneigten Blondine rasch
zurecht. Diskret klapperte manchmal
mahnend ein Ziegelbrocken. Aber
der Bagger nach uns zerstörte
das ungewöhnliche Separee. Und
als ich wiederkam, war es
nicht mehr da.

DER TRAUM FÄHRT
in alle Glieder bis
ins letzte beste Glied.
In allseitigem Dunkel
erscheint die Gestalt
der Venus von Willendorf,
bewegtes Fleisch die Menge.
Was für Wölbungen und
Buchtungen, darein
gut zu unruhen wäre.
Dafür würde wohl
jeder Neolythiker seinen
schönsten Feuerstein
opfern.

TRAF SCHON IN MEINER JUGEND
Schwestern der Josephine M.
Immer aufs Neue verführt
zu gemeinschaftlichem Tun, ob
im Parkgebüsch, im Keller,
im Dachboden, in Hausruinen,
im Wohnzimmer und im Auto.
Als hätten Plätze und Gelegenheiten
auf uns gewartet, geleitet
von den alten Göttern im Spiel
von Faun und Nymphe, geweiht
der vergänglichen Erinnerung.

DER BRIEF KAM
gleich nach Kriegsende.
Absender Gerhard Mandel,
Argentinien. Mir geht es gut.
Bloß beim Kartenspiel verliere
ich zu viel Geld. Wie geht es
meiner Mutter? Die war längst
in Polen zu Asche geworden,
schrieb ich zurück, und dass
ich dringend ein Paar Schuhe
brauche, Größe 39. Eine Antwort
ist nie eingetroffen.

KEINE GEHEIME UHR
zeigt die Zeit, verbraucht,
verschwendet, vertan vor dem
bunten Geflacker auf der Leinwand.
Da findet mein Schicksal statt,
der minutenlange Kuss, Sekunden
dauert der Würgegriff, der
Kniefall wenig mehr, der
Griff zur Pistole will nicht
enden, dann falle ich vornüber,
doch so langsam, als zögerte ich
den Tod so lange hinaus, dass
er mir am Ende noch eine Chance
gibt, vor dem Abspann gerettet
zu werden.

ALS FAHRGAST
der Berliner Untergrundbahn
wird einem das Erlebnis des
Sterbens zuteil, wagte man
sich in den letzten Waggon und
vor das rückwärtige Fenster.
Der Zug rollt an, der Bahnhof
verkleinert sich, Zwerge
bleiben zurück, noch glänzen
die Schienen, der Ausblick
schrumpft immer schneller,
Dunkelheit, Finsternis, Schwärze
vor den Augen, denen solcherart
die Welt, die Unterwelt, verloren
geht. Auf derartige Weise, versichert
man uns, ende das Leben.

VOR ZAHLLOSEN JAHREN
ward mir auf einem Weihnachtsmarkt
in Ostberlin eine Wahrheit
zuteil. In einem Zelt hinter
einer Glasscheibe entfaltete
eine kleine Stadt ihr Diorama.
Winzige Häuschen und Gässchen,
Türmchen und Brückchen boten
ihren Bewohnern Platz für
Geschäftigkeit. Gebannt sah ich
dem Treiben in dem Ort zu,
der *Mausa* hieß und dementsprechend
besiedelt war.

VOR IHRER HAUSTÜR
liegt sein Schatten. Sie tritt
darauf, sobald sie ausgeht,
sobald sie heimkehrt, doch er
nutzt sich nicht ab, wie
ein echter Teppich, den man
mit der Zeit kaum noch
beachtet und seines Herstellers
selten und höchst ungern
gedenkt.

IM SPIEGEL DES FERNSEHENS
sind wir alle schön. Zumindest
markant. Manchmal auch schon tot.
In diesem Stadium erscheinen wir
kurzfristig würdig. Anschließend
eher unansehnlich und dem Verfall
überlassen. Bei massenhaftem
Auftreten dieses Zustandes aber
wird der Spiegel blind – so wie
wir sehenden Auges.

ES WAR EINMAL
ein Land Utopia und kein Märchen,
darinnen wir hausten. Dort tranken wir
Worte, wir speisten Worte, wir
wärmten uns an den Worten, weil wir
sie liebten. Dennoch blieben wir
durstig und hungrig und froren weiter
unter der Gegenliebe aus Schlägen,
die wir uns mühsam
verdient hatten.

VOR ZEITEN STAND ICH
auf der obersten Plattform
einer Pyramide im Urwald
von Yukatan. Hier oben
rissen die Priester einem das Herz
heraus, wie in meiner verdorbenen,
verstorbenen Heimat es einst
unblutig mir selber geschah.

V.

UNZUCHT

Alle Schriftsteller gebären
Familien aus Papier. Einer entband
einen Vater, der andere Mütter
zwischen Särgen aus Pappdeckeln.
Man könnte sogar die gesamte Menschheit
zu seinen Brüdern machen, wenn man
sie nicht zu gut kennen würde.
Etwas, das niemals abhanden kommt
im Kriechgang des Lebens
ist dieses Wissen.

HIER GEHT ES
um die Sache. Baumstumpf.
Alraune. Scherbe, darauf
ein Reiter rücklings, das Gesicht
der Kruppe zugewandt. Da geht es
um die Sache, vom Maulwurf
ans Licht gebracht. Der
Metaphernhäusler. Wir kommen
nur selten ans Licht des Tages
wie die Wahrheit. Um die es
nie geht. Es geht
nur um die Sache. Baumstumpf.
Astgabel. Rost
auf einer einsamen Klinge,
die nie einen Körper
für sich fand. Darum geht es.
Eine leidige Sache, sachlich
gesagt. Methodisch
allzumal.

AUF EWIG VERSCHRIFTET

Für Blinde gibt es
Gedichte über Worte.
Auch Worte über Gedichte
sind gut für Gehörlose.
Aber für Tote
bleiben Worte bloß Worte.
Was sie für Lebende sind,
weiß keiner. Die erste Lüge
hieß doch: Am Anfang
war das Wort. Jedoch
am Ende heißt es in Wahrheit:
Geröchel,
unartikuliert und unnütz
und vor allem
ästhetisch unzulänglich.

GOETHES GEDENKEND

Atome, Moleküle und Viren:
Wir bestehen aus Einzelgeteil.
Erniedrigung geht an die Nieren:
Man wäre so gern wieder heil,
holistisch gesprochen: ein Ganzes,
Krone der blinden Natur
und kein pures Staubkorn des Tanzes
für ein paar Äonen nur.
Die Welt: ein Mixtum aus Stücken
und wir nur dazu gesellt.
Doch hinter unserem Rücken
vereint die Erde das Geld.
Goethe verschwieg dessen Tücken,
weil es alles zusammenhält.

AM STILLEN MORGEN
nach der schlafarmen Nacht
beugte sie sich nackt
aus dem Fenster. Präsentierte
gewichtige Brüste Passanten,
denen aber der Anblick
entging,
weil sie bei dem Naturschauspiel
ahnungslos abwesend waren.

DIE WÖRTER
klammern sich an mich,
altgewordene Verwandte,
um Beachtung bittend:
Magst du uns nicht mehr,
wo doch erst wir dir
Leben gaben?
Wir sind eine Familie
unauflösbarer Bindung.
Dabei sind sie ja selber
unzuverlässig und verräterisch
als sei ich tatsächlich
von ihrer Art.

GROSSE NAMEN
von kleinen Menschen
in Stein geschrieben,
von vielen Wettern
ausgelöscht. Tastend
folgen die Finger
verwischten Buchstaben:
Brailleschrift
für Historiker,
den generationsweise
Blinden.

IN DER KAUFHALLE LIEGT
unwillentlicher Suizide genießbarer
Vorrat. Hier fehlt schon wieder
und da und dort ein Gesicht.
Verkauft und eingeebnet.
Keine Fragen. Reglose Zungen
allenthalben. Geruch
nach Ganz und Garnichts. Stattdessen
verkündet die unbesiegliche
Inschrift sofortigen Trost nebst
leiblicher Entspannung
durch das Toilettenpapier Marke
Servus.
Dergestalt verabschieden wir uns
ständig voneinander
weil wir nichts mehr anderes können
als das. Und auch das
bloß bedingt.

HERR VON NEBENAN

Du kennst jedes Wort
von Angesicht, aber nicht
seine besondere Bedeutung.
Herr von Nebenan
sagt *Feuer* und gleich darauf
Früher und dann *Andere*.
Doch wovon redet er eigentlich?
Bekundungen werden während
des Erzählens unbegreiflich.
Lippen formen Laute,
das Echo einer falschen Wirklichkeit.
Die wahre hingegen bleibt
hinter den Wörtern versteckt,
lauerndes Ungeheuer,
vor dem man sich fürchten muss.

DER CICERONE
holte einen Schlüssel
hervor und öffnete das
Gitter. Wenige Schritte
zum Lupanar, darin die Betten
aus Stein sind und an
den Wänden die verblassten Bilder
kopulierender Paare, mal so
und mal anders. Davon war
mir nichts fremd. Bevor ich
gehen durfte, hielt der Wächter
die Hand auf: Prego, Signore!
Seit dem Ausbruch des Vesuvs
sind die Einnahmen
rückläufig.

IN DER AULA
wurden die Vorhänge zugezogen.
Gelärm der durch die Dunkelheit
entfesselten Kinder. Aufleuchten
der Leinwand und plötzliche
Stille. Schwarze Silhouetten
erzählten die Geschichte
von Hänsel und Gretel.
Am Ende winkt uns beiden
das warme Licht eines
Hauses ein Willkommen zu.
Unauslöschlich das Versprechen
der glücklichen Einkehr
in eine Heimat, wo
keiner sonst gewesen ist.

VIELSAGENDES KNISTERN
des Tannenzweiges über der Kerze.
Duftendes Autodafé. Seltsame
Gestalten aus dem Kinderbuch
flüstern eindringlich: Komm
zu uns, komm in unsere Welt, da
geht es zu wie im richtigen,
nichtigen Leben
niemals. Komm, ehe die Flamme
für immer erlischt.

AUFKLAFFENDE LEIBER
zerrissene Gedichte. Mir fehlten
die Worte zu ihrer Heilung.
Dergestalt fand ich die Welt vor,
als ich kam und so, als ich
wieder ging.
Ungetrost und hilfloser
denn je.

NACHWORT

*»Ich schreibe Gedichte, um mich in der Wirklichkeit zu orientieren. Ich betrachte sie als trigonometrische Punkte oder als Bojen, die in einer unbekannten Fläche den Kurs markieren. * Erst durch das Schreiben erlangen die Dinge für mich Wirklichkeit. Sie ist nicht meine Voraussetzung, sondern mein Ziel. Ich muß sie erst herstellen. * Ich bin Schriftsteller, das ist nicht nur ein Beruf, sondern die Entscheidung, die Welt als Sprache zu sehen. Als die eigentliche Sprache erscheint mir die, in der das Wort und das Ding zusammenfallen. Aus dieser Sprache, die sich rings um uns befindet, zugleich aber nicht vorhanden ist, gilt es zu übersetzen. Wir übersetzen, ohne den Urtext zu haben. Die gelungenste Übersetzung kommt ihm am nächsten und erreicht den höchsten Grad von Wirklichkeit.«*

Günter Eich, Der Schriftsteller vor der Realität (1956)

In einem Brief an Wolfgang Hildesheimer vom 23. April 1984 [WH, Briefe, Frankfurt/M. 1999, S. 305f.] umreißt Günter Kunert als Reaktion auf ein Hildesheimer-Interview die gemeinsame literarische Position, die letztlich auf Horazens Diktum, Literatur müsse »aut prodesse aut delectare«, rekurriert: »Lieber Wolfgang Hildesheimer, es ist eigentlich nicht meine Art, mich, wenn Kollegen Interviews geben, als kommentierendes Echo aus dem Hintergrund zu melden – nun tue ich es doch, da ich Ihr Gespräch mit Tilman Jens gelesen habe. Und ich tue es darum, weil ich meine Überzeugung fast wörtlich in Ihrer Ansicht wiederfinde. Eben von einer Lese-Reise zurück, kann ich Ihnen aber vermelden, dass die altbekannten Schmähungen (»Pessimist«, »Nihilist«) schwächer und weniger werden: Die Leute verlieren langsam ihre nebulosen, nie von ihnen zu artikulierenden Hoffnungen nun doch. Obzwar immer noch Zuhörer aufstehen und meinen, man könne sich ja dann gleich aufhängen, falls man seine Perspektiven verlöre, mehren sich die Stimmen, die einem recht geben. Und ich rede immer nach den Lesungen davon, wie aussichtslos es mit uns geworden ist. Wir haben alle

Chancen vertan, jetzt schnurrt nur noch der Mechanismus ab, ohne dass uns noch eine Möglichkeit zum Eingreifen gegeben ist – Sie wissen ja das alles gut genug. Die Menschheit hat keinen Garantie-Zettel für ewigen Fortbestand an ihrem Beginn mitbekommen.« Dieser Auffassung entspricht, viele Jahre später, die Konzeption der vorliegenden Gedichtsammlung, deren Texte zum großen Teil 2016 und 2017 entstanden (einige wenige Texte stammen aus den Jahren 2005 bis 2008, einige aus den Jahren 2010 bis 2014). Man kann sie als Résumé eines langen, erfüllten, aber auch leid- und schmerzvollen Lebens verstehen, als Rück- und Ausblick zugleich.

Ich habe die Themenkomplexe in Absprache mit dem Autor folgendermaßen angeordnet:

I. Mensch/Leben/Welt
II. Vergänglichkeit/Fatum/Untergang/Nichts
III. Natur/Zivilisation/Technik
IV. Erinnerung/Ich/Nicht-Ich
V. Sprache/Literatur/Kunst

Aus dieser Themenkonstellation wird deutlich, dass Günter Kunert die Fragestellungen seiner analytischen, kritischen Essays wieder aufnimmt und sie in poetischer Form, im Gedicht als äußerstem Konzentrat des Denkens und seines Ausdrucks, instrumentiert. In einem Brief an mich vom 11. Januar 2017 beschreibt er die Schwierigkeiten, in dieser literarischen Kleinform zu arbeiten, ohne dem Vorwurf der Beliebigkeit, Willkür oder Austauschbarkeit zu verfallen: »Lieber Herr Benda, hier ein Einzelstück, ein Nachkomme der vorhergehenden, wobei ich nicht weiß, ob das nicht überhaupt der letzte Mikrotext sein könnte. Diese Form, das Konzentrat, kann man gewiss nicht überstrapazieren, ohne dabei irgendwann ins Beliebige zu verfallen. Das beschäftigte mich in den letzten Tagen, nachdem ich einige andere schon verworfen habe. Es entsteht eine gewisse Unsicherheit, fand man ein formales Mittel, sich selber kenntlich zu machen, in Knappheit und Unmittelbarkeit *Flagge zu zeigen* – die Ungewissheit, ob man diese Schreibweise noch eine Weile weiterbetreiben kann, oder ob man nicht nach dem ersten Schwung schon durch das Ziel ans Ende gekommen ist. Die Schwierigkeit besteht ja darin, dass man nicht eine vorgegebene Form – wie etwa den Aphorismus – lange nutzen kann, sondern etwas Hybrides schafft, das gerade darum schwer am Leben zu erhalten ist. Solche literarischen Mischwesen sind stets in Gefahr, in ihrer Gestaltungsmöglichkeit zu erstarren und damit nichtig zu werden.«

Der Titel der Sammlung, *Aus meinem Schattenreich*, evoziert sowohl das gleichnamige Gedicht im Zyklus *Fortgesetztes Vermächtnis* [S. 79] – Fortführung der lyrischen Arbeit mit einem entfernten Anklang an Platons Höhlengleichnis – als auch die Nachtseite der Existenz, vergangene, gegenwärtige und zukünftige Erfahrungen des Sprechers, der auf raffinierte Weise mit seiner *persona* im Sinne von Maske und der realen Person des Autors spielt. Vor der Folie des barocken *Vanitas*-Motivs – bar aller Transzendenz und religiösen Fundierung – werden Meditationen und Reflexionen über die *conditio humana*, über den Sinn des Lebens und die Aufgabe der Kunst in einer Zeit und Gesellschaft angestellt, wo das *Prinzip Hoffnung* kaum mehr möglich, geschweige denn realisierbar erscheint: allerdings nicht in diskursiver, sondern poetischer Form und Sprache. Einzig die Kunst und die Literatur im öffentlichen und die Liebe im privaten Raum vermögen in unserer Zeit, in der *Geschichte als Sinngebung des Sinnlosen* (Theodor Lessing) fungiert, einen Funken Hoffnung und Sinn zu vermitteln und ein Stück Humanität zu bewahren. Gelungene Lyrik kann deshalb – gemäß Paul Valérys Auffassung – auch heute noch zu rationaler Magie werden.

Wolfram Benda

Günter Kunert, 1929 in Berlin geboren, lebt bei Itzehoe. Zuletzt erschienen bei Hanser: *Als das Leben umsonst war* (Gedichte, 2009), *Tröstliche Katastrophen* (2013), *Fortgesetztes Vermächtnis* (2014) und *Vertrackte Affären* (Erzählungen, 2016).

Wolfram Benda, 1953 geboren, ist Literaturwissenschaftler und Gründer von THE BEAR PRESS in Bayreuth.